Madame
Poipoi

Monsieur
Henri

Gino
Marto

Rémi
Lepoivre

Adrien
Dubouchon

Mélani
Lano

Tom-Tom

Le roi de la tambouille

Scénario : Jacqueline Cohen. Dessins : Bernadette Després.
Couleurs : Catherine Legrand.

A LA BONNE FOURCHETTE

Marie-Lou
Dubouchon

Yvonne
Dubouchon

Nana
Dubouchon

Tom-Tom
Dubouchon

N° éditeur : 2678
Dépôt légal : 2 ème trimestre 1985
Imprimé en France par Pollina 85 400 Luçon, n° 70700
Droits de réproduction et de traduction réservés pour tous pays

La plus que meilleure Fourchette

8

Scénario de J. Cohen - Couleurs de M. Laczewny.

Un délicieux cauchemar

Tom-Tom, le roi de la tambouille

Scénario de J. Cohen - Couleurs de B. Després.

Devine qui vient dîner ce soir?

Oh! écoutez-ça!

La soucoupe volante s'est posée au milieu de la route! Aussitôt, j'ai perdu le contrôle de ma bicyclette...

... Je me suis cogné violemment contre un platane...

BANG!

...Des hommes en blanc, soudain, sont apparus! Ils m'ont fait un pansement bizarre...

...J'étais étourdi par ma chute, j'ai dit:

Merci!

...Et ils m'ont répondu exactement ceci:

Ramba ramba!

Kaya nounou!

...Et puis, ils ont disparu!

Ça alors!

Incroyable!

Oh! Écoutez-ça encore!...

...Sa fusée s'est posée un soir sur mon balcon. Elle ressemblait à un gigantesque suppositoire lumineux. J'ai fermé les yeux, et j'ai vu apparaître une créature de rêve...

...Elle avait un œil tout rond au milieu du ventre, pas de pieds, pas de tête, mais de longs bras en soie rose...J'ai dit "Je vous aime!".Elle m'a répondu "Clipiti-clipiti-top, top!" Quand j'ai ouvert les yeux, elle était partie!

Ah! rencontrer des extra-terrestres! Il y en a qui ont de la chance!

Ça pourrait bien nous arriver!

Sûr! moi j'y crois en tout cas!

Re-re-gardez! U-u-une lettre!

39-3

Alors, ils ne sont pas arrivés?

Nous n'avons encore rien vu!

Ils doivent être tout près! Nous allons le savoir grâce à mon Kellmerophone!

Va vite me brancher ça!

Chuuut! j'entends un message!

Tchoko-boum! Tchoko-boum! Tchoko-boum!

On ne peut pas les voir?

Tchoko-boum!

39-6

Scénario de J. Cohen - Couleurs de M. Laczewny.

Les canetons en pompons

Tom-Tom, le roi de la tambouille

42

Scénario de J. Cohen - Couleurs de B. Després.

La médaille de papa

Vous pouvez nous dire quelques mots, c'est pour le journal... ...Pour Europe numéro deux !

Mais...

...je ... ne suis pas Johnny Halliday ... ni Mireille Mathieu...

CLAC

Bien sûr, bien sûr ! Ne faites pas le timide !

CLICC

Nous savons bien que vous êtes le grand Adrien Dubouchon, le roi de la louche, le prince de la marmite...

Ah ! oui... oui... en effet !

Parlez-nous un peu de votre métier ! De votre restaurant !

FLASH !

Vas-y Adrien ! Parle ! Ça va nous faire de la publicité !

Ben... je... me lève le matin... je me brosse les dents...

85-2

46

Voici un costume de chez Pierre Gratin...

Oh!

Ma parole, c'est pour aller à un enterrement!

Celui-ci vient de chez Yves Saint Grouton.

Joli!

On ne va pas le laisser s'habiller comme ça!

Je prends celui-là!

Parfait! Je vous l'emballe!

Vite!

Eh... Suis-moi!

Il est cher, mais il est beau!

Dépêche-toi, vide le sac!

Il vous durera au moins cent ans, vous verrez!

Hop! Le tour est joué!

85-7

Onze heures moins le quart... On n'a pas le temps de repasser à la maison!

Tu te changeras sur place!

Les toilettes, s'il vous plaît!

A droite et à gauche après le hall!

A droite!

Là!

Mais c'est un placard!

Tant pis! Ça ira comme ça!

Fais vite!

oui! oui!

Scénario de J. Cohen et H. Bichonnier - Couleurs de C. Legrand.

La folie du sport

Vous pourriez vous inscrire !

Salle de gymnastique.

TOP-GYM

Retrouvez LA FORME en une semaine deux jours une matinée.

Tu deviendrais une championne, maman !

Tu serais le plus beau de la terre, papa !

C'est ma maman!

C'est mon papa!

Une, deux, Une, deux,

Non ! C'est un bèau rêve ! Ce n'est pas possible !

50 Kg

94.4

Oh ! Les revoilà !

Hello !

Une, deux

Dis-nous ce qu'il faut faire ! On est prêt !

Epluchez les pommes de terre !

Coupez-les en rondelles !

Ajoutez la crème, le sel, le poivre...

...Et n'oubliez pas le gruyère !

Mettez-les au four !

Sortez les rôtis !

Préparez la sauce pour les salades !

Plus vite ! Les clients arrivent !

Scénario de J. Cohen - Couleurs de C. Legrand.

Des bananes à gogo

PAFF!

Vous avez tout mangé, sacripants! Ooh, quelle histoire pour quelques bananes!

Quelques bananes? Il y en avait quatre kilos!

Qu'est-ce que je vais donner aux clients, maintenant?

Ben... Il suffit de planter un bananier dans la cour!

Un bananier!! Et tu crois que c'est facile à faire pousser, hein?

Parfaitement, monsieur! C'est rien du tout et je le prouverai!

Parfaitement!

Hé bien, d'accord, mais si ton bananier n'est pas là dans dix jours, tu rembourseras les bananes avec ta tirelire !!!

87.2

66

Ha! Ha! Quand Gino verra ça, il en sera baba!

Y a plus qu'à attendre!

J'ai peur que ça mette plus de dix jours!

A moins d'un miracle!

Hé! Le voilà le miracle!

Un bananier!

Un vrai!

En chair et en os!

Les enfants! Dites-donc, c'est bien là qu'habite Madame Moulinet?

C'est pour Madame Moulinet? Vous êtes sûre que c'est pas pour nous?

Madame Moulinet habite... Laisse-moi faire! J'ai une idée!

Elle habite... euh... très haut, très haut... et puis il n'y a pas d'ascenseur!

Oh, zut...

Mais... si vous voulez, on peut le monter!

On est très costaud, vous savez!

BING

Oh! Les enfants, c'est gentil! Je vous ferai un beau cadeau!

Vous ferez bien attention à ne pas l'abîmer!

87-5

69

Oh! Ce qu'il est beau!

Poussons-le devant la fenêtre!

Gino! Gino!

On a fait pousser un bananier!

Les enfants, si vous croyez que j'ai le temps de plaisanter!

C'est pas une blague, on te dit!

?

Si tu vois un bananier dans la cour, qu'est-ce que tu nous payes?

N'importe quoi... Cent tours d'auto tamponneuse... enfin... cinquante!

87-6

70

Tom-Tom, le roi de la tambouille

Scénario de J. Cohen et H. Bichonnier - Couleurs de C. Legrand.

La plonge

76

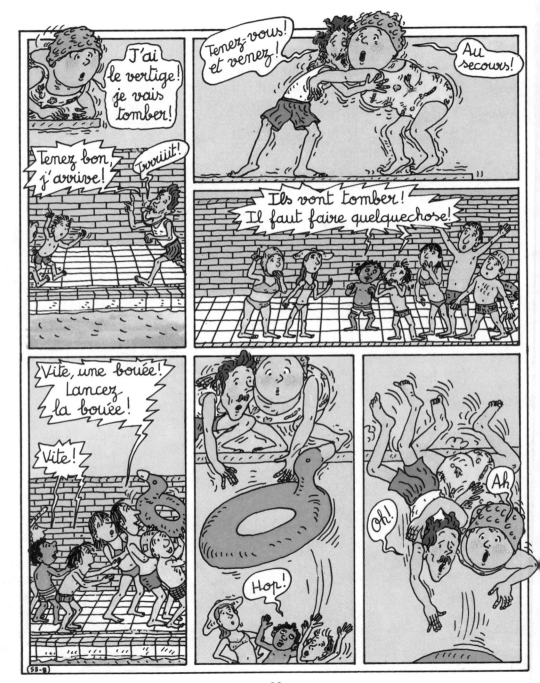

82

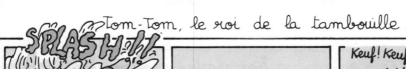

SPLASH ?!!

Keuf! Keuf!
POUAH !!

?

Dites donc, vous êtes un drôle de maître-nageur!

Ne m'en parlez pas! J'aurais jamais dû faire ce métier!...

Tschah!

...Ah, avant! Je faisais la plonge dans un bar! La vaisselle, quoi!... Ah! comme j'aimais ça!

Hein?!
Mais ça tombe très bien...

Scénario de X. Seguin - Couleurs de C. Legrand.

Un restaurant de rêve

Améliorer la cuisine? C'est ridicule! Elle est parfaite!

Ce qu'il faudrait c'est donner quelque chose de plus aux clients!

Quelque chose qu'ils ne trouveraient nulle part ailleurs!

Mais...

...J'ai une idée!

Faisons un restaurant Multi-Services!

Hein? Qu'est-ce que c'est que ça?

BING!

On donnera à manger aux gens et en même temps, on les remettra à neuf!

HO!

HO!

Aïe...

Hé! C'est pas mal du tout!

On recoudra leurs habits!

(83-2)

86

83-4

88

Tom-Tom, le roi de la tambouille

Scénario de J. Cohen - Couleurs de C. Legrand.

Bayard Editions / J'aime Lire

Les aventures de Tom-Tom Dubouchon sont publiées
chaque mois dans J'aime Lire
le journal pour aimer lire.
J'aime Lire, 3 rue Bayard - 75 008 - Paris.
Cette collection est une réalisation
de Bayard Editions.
Direction de collection : Anne-Marie de Besombes.